Secreto en la niebla

María Ximena

Dediego Perlaza

Diseño de portada: Departamento Creativo Bauhaus.

Lulú

Adress: 627 Davis Drive, Suite 300, NC 27560 Morrisville, United States

Morrisville (Carolina del Norte)

2019© María Ximena Dediego

2019© Editora: Helen Smith

Impresión y encuadernación: LULU

Impreso en Estados Unidos-Printed in USA

Houston, 2019

Finlandia febrero 12 de 2235.

Sucesos sobrenaturales bajo un ambiente extraño.

DEDICATORIA

Por la vida de los que están y el amor por los recuerdos de mis antepasados, dejaron bellas memorias en mi familia y algún día reunirnos en la eternidad de otro universo.

Solicitarme que manifieste por qué aterrorizarme cuando el viento helado y frio tocarme, porque al tiempo ingresar a una recamara sombría y humedad más que otras personas, esto ocasionarme un ataque de pánico y vómitos, repudio cuando la niebla del anochecer empieza a envolver toda la atmosfera del pueblo durante el invierno. Algunas personas, reaccionan al viento y frio igual como a los olores putrefactos, es una emoción que no puede eludirse. Narrare el caso más horrífico sucedido, para que cada uno de ustedes logre juzgar en efecto si es estable o no, una correcta explicación o una locura mental. Es algo tonto concebir el terror de una escena ligarse sin saber la causa con la sombra que habita en la oscuridad y la negrura de la noche, la afonía y la soledad. Yo haberme encontrado esa tarde en las calles de Polonia entre el ruido de la multitud con tres ebrios tenían una formidable pelea. En el verano poseía un empleo en el noticiero y esto ayudarme a cubrir los gastos de mi hogar, la escuela de mis hijas, algunos cuantos caprichosos costosos de mi esposa.

Pronto decidimos que era necesario buscar solución en irnos de aquel lugar y mudarnos a Finlandia en una casa situada a las afueras de la ciudad Helsinki vimos siete casas y una agradarme por su extenso patio además de un precioso bosque. El lugar era una gran mansión de ladrillos amarillos con dos pisos y cinco extravagantes habitaciones, databa de principios de la década de 2019 y sus pisos eran de mármol con el techo de grandes lienzos coloniales esto era la cara de la espléndida monarquía que debió estar en aquella época. En la cocina y el estudio persistía un continuo olor a humedad y un frio demasiado congelante poco inusual.

Al llegar todo estaba cubierto por mantas y los suelos permanecían brillantes, las camas estaban muy limpias todavía estaban los antiguos empleados del lugar. La encargada era una hermosa joven finlandesa llamada

Karen Carson, la cual era muy organizada y gustarle que las gemelas arreglaran sus juguetes cuando estaban desacomodos en sus dormitorios, quejarse demasiado del ruido fuerte de las chicas durante el día cuando corrían por todos los pasillos. Poco a poco las niñas fueron aprendiendo y volverse tranquilas lograron ganarse el corazón de la domestica. Solo era molesto el viento azotando los árboles en la noche y hacerme tener molestas pesadillas que despertar a mi amada Abigail. Solo habíamos permanecido allí por dos semanas cuando originarse el primer insólito suceso. Una noche a eso de las tres de la mañana, escuchaba gotas que caigan en el suelo, tomar mis pantuflas y emprendí a buscar donde era aquel lugar, al caminar por los pasillos vi una sombra que paso y cavile era el mayordomo, quise hablarle pero decidí solo alzar mi mano pero él ni siquiera levanto la cabeza y evaporarse cuando yo eche un vistazo al comedor, en la cocina estaba la mancha de la gotera y de repente comencé a respirar un extraño olor amoniaco, el agua desaparecer del suelo. Salí corriendo del lugar, observe a Karen contarle lo sucedido responderme posiblemente era producto de mi imaginación y el sueño, retorne a su cama, ella dirigirse a hacer una ronda por toda la vivienda y al asomarme por la venta hablo con Kevin el mayordomo. El periodista Stephen subió las escaleras y retorno a dormir. Al otro día su esposa fue a tomar la ducha ella tiene un trastorno psicológico, cuando de repente estaba bien relaja acariciando su cabello y noto algo paso por la puerta, pero no prestarle atención. El mayordomo estaba muy enfermo así debía tomar muchas pastillas para su pulmonía y no quería que ningún doctor atenderlo ni ir al hospital. La señora Abigail bajo a tomar un delicioso desayuno junto con sus hijas habían madrugado muy temprano para el colegio Kielo International School, Stephen partió rápido a la oficina y solo darle un beso. Abigail pregunto a

Karen si el vigilante estaba enfermo esto podría ser contagioso para su dos hermosas princesas y no quería que ellas acercarse a él. Ella respondió el hombre poseía una extraña enfermedad.

Inmediatamente la patrona fue con él hasta el hospital, los doctores efectuarle algunos exámenes. El hombre todo el día pasársela dándose baños calientes con hierbas y tomando medicina que recetarle el doctor. Su cuarto era una habitación pequeña estaba llena de plantas y muchos papeles con bellos retratos de jóvenes que ver en los parques y dibujarlas con su lápiz de carbón. Hacia unos años atrás su fue un gran pintor. Eso comentarle Karen después de regresar del hospital y por consiguiente su padre fue a numerosas exposiciones en el Museo Nacional de Finlandia el año pasado dio su última muestra en una galería en New York pero dejar este oficio porque tuvo un fuerte accidente de motocicleta. Desde que pasarle esto jamás gustarle salir de la mansión, pero pienso usted caerle muy bien. A los pocos días en los resultados solo salió que tenía un resfriado y el sentirse mucho mejor. La mayor parte del día el joven vérsele en el patio limpiando las ramas que caen de los árboles, la domestica llevarle comida a su habitación, ropa limpia y bien doblada, libros de romance.

A los cinco meses el operarse su brazo y retornar con la pintura, cumpliendo con sus funciones. Stephen era adicto a los aromas, extractos que perfumaban el hogar para mantenerlo fresco con olor agradable y placentero. Cuando iba hacia al patio tropezar con Kevin todas las botellas caérseme al suelo, el ayudarme a recoger todo lo que haberse derramado con un trapeador, escuche los pasos de mis hijas maliciosas en el segundo piso.

El doctor Stephen Vernon escucho extraños sonidos provenientes del ático. Su caminar por la casa era muy silencioso y poco perceptible ante los otros habitantes del hogar. Por varias horas cavilar cual podría ser la dolencia de aquel hombre y su familia. Además de ello entender que personas como yo o cualquier otra después de estar en un estatus social muy alto puede perderlo todo en un abrir y cerrar de ojos. Quizás jamás hubiera conocido a Vernon si no hubiera tenido ese accidente sería una celebridad en el arte de pintar. Recordé después de unos años de estar en aquella casa una noche que caminaba borracho hacia mi habitación una extraña voz responderme en francés, situada a mano izquierda cerca al baño, preguntarme en donde estaba y porque había arribado a esas horas de la noche a la morada, la puerta abrirse muy rápidamente y salió una sombra pensé que era Karen. Un fuerte viento percibió mi cara, y aunque en aquel tiempo eran esos días de otoño de noviembre, estuve temblando por varios días del espeluznante frio. En una elegante mansión decorada con muebles y pinturas del siglo XV, el psicólogo guardaba allí sus grabaciones de pacientes y libros, estudios científicos en el psiquiátrico. El señor Vernon era un caballero muy educado y un científico brillante. Era un hombre alto de ojos verdes, siempre llevaba puesto un traje de saco y corbata, su cara era muy simpática y agraciado, además amaba usar lentes oscuros. Yo ver al doctor y a sus hijas en medio del espantoso frio, experimente una sensación de miedo y horror antes de que llegaran a vivir a la casa meses después. Su esposa estaba muy pálida y tenía un pañuelo en su boca con lágrimas que tornarse negras, sus pequeñas corrían por la mansión buscando sus muñecas. Yo pensé estaba enloqueciendo porque al pasar un año la casa fue vendida a ellos, Abigail fingió en varias ocasiones estar enferma incluso iba a la farmacia y colocarse gasas para decir que delincuentes haberla golpeado fuertemente y maquillar sus heridas falsas. Mi áspera percepción deberse a aquel frio indescriptible, pues no era normal en la casa que poseía calefacción hubieran temperaturas demasiado bajas. Pero sentí una fuerte repulsión por aquella familia ya que su piel y todos sus cuerpos eran muy pálido y helado. Su mirada traspasar mi cuerpo. Después de unos instantes escuchaba unas suaves palabras decirme a mi oído, él era el fiel aliado de la muerte, gasto todo su dinero buscando una cura para los problemas mentales que poseía su esposa. El hombre era muy extraño mientras buscaba los medicamentos para Abigail. Su esposa vaga en las noches por toda la casa sonámbula. Mientras él iba acompañado de su mayordomo a un miserable antro de mujeres, ahí lanzarse a las lobas y desprendía toda su lujuria. La esposa cuando hablaba a sus hijas y a cualquiera del hogar tenía un efecto sedante y no podía distinguirse su respiración y sus palpitaciones de corazón mientras de su boca fluían palabras como un exquisito fuego. Pasaba largas horas distrayéndose con su empleada de servicio para disolver preocupaciones hablando de sus investigaciones en la Universidad de Tampere acerca del cerebro y la esquizofrenia. Solo reflexionaba en que su familia permaneciera saludable y su cuerpo intacto. Poreso tenía una dieta rigurosa libre de carnes y carbohidratos. Durante el día no entra la luz a la casa así las ventanas permanecían cerradas al igual que las cortinas. Pero sus hijas tenían serios problemas con sus pulmones, debido a eso debían estar bastante higiénicas las habitaciones y sus ropas. Algún día enseñarte el laboratorio donde realizo mis experimentos científicos. La casa era una morada extraña con eventos inusuales desde que ellos habitaron la mansión con temperaturas entre 10 y 12 °C poseían un sofisticado sistema de calefacción que estaba en el sótano.

Durante varios días Layla y Zoe tuvieron un brote alérgico por un alimento que consumieron el domingo. Todos los empleados del hogar vivían cubiertos por abrigos. Abigail y Stephen reunirse en la biblioteca a discutir las investigaciones y avances científicos muy terroríficos en pacientes que estaban en el hospital psiquiátrico, estremecerse mi cuerpo al saber de las sorprendentes técnicas que emplearse en aquel lugar.

A los pocos días sus hijas hallarse completamente sanas de su alergia y el brote por todo su cuerpo, gracias a buenos medicamentos.

El doctor Stephen
perturbarse bastante,
pues creía había
avanzado en el
problema psicológico
de su esposa. Pero
impresionarlo
grandemente cuando
ella cortarse las venas,
contracto una
enfermera para que
permanecía
constantemente a su

lado. Al poco tiempo el joven Stephen sucumbió en los trastornos mentales ya hablaba solo y observaba espectros en el hogar. A medida que pasaban los meses, observe con sutileza que su esposa no salía de su habitación y sus hijas también vivían encerradas en sus alcobas, solo verlas en el comedor, la salud empeoraba en la familia lentamente su cuerpo perdía energía, su aspecto era horrible y la voz. Abigail después de ser una hermosa doncella empeoro con tiempo y volverse irónica, sarcástica, intolerable de manejar todo fastidiarla y tirarlo al suelo como una basura.

Karen sentirse muy cansada de la familia deseando renunciar al trabajo.

Stephen empleaba extrañas complacencias, emprendió a usar en la comida especias traídas de la india, incienso, amuletos llenaron la morada a olor de muerte y parecía que hubieran cadáveres allí por más de cien años.

La necesidad de que la morada estuviera con más frio aumento y con la ayuda del mayordomo instalaron un sistema de refrigeración eficiente para lograr que este esparcirse por todo el lugar. Todos sus sirvientes que habitaban el morada abandonarlos debido a las congelantes temperaturas y fueron a vivir a la ciudad, para no enfermarse del frio. Un creciente miedo y horror apoderarse de Karen. No dejaba de hablar que esa familia quizás ya estaba muerta, pero Kevin reírse durante la conversación, es necesario comencemos con los preparativos para enterrar a la familia en el panteón.

Con el tiempo, sus hijas desaparecerse del lugar y solo poseía la compañía de su esposa. Pero, yo estaba muy agradecido porque gracias a ellos yo pude retomar mi carrera como pintor, además de ello no podía abandonarlos su esposa no volvió a levantarse de su cama, y yo ayudaba a la enfermera a alzarla para sus necesidades cotidianas de limpieza de su cuerpo, un día decidí abrir las ventanas para ingresar luz al recinto pero ella volverse como un perro lleno de rabia. Esto dejarme muy consternado. Al igual sus heridas en las manos y el cuello aparecieron de un momento a otro, no sanaban a pesar de todas las cremas y vendas que suministrarle a Abigail. Yo encargarme de hacer las compras con esmero y dedicación en la farmacia, tiendas de alimentos.

Una atmosfera cargada de horror desprenderse en toda la mansión. Los empleados preguntaban continuamente donde estaban las niñas y además fueron al cementerio estaba a diez kilómetros buscando las tumbas de Layla y Zoe sin hallar rastro. Stephen expreso sus hijas estaban con Avery hermana de Abigail, pero transcurrió un año y no aparecían. La mansión estaba perfumada con un fuerte olor a claveles, humedad, pero la alcoba del matrimonio y sus hijas era extremadamente peor al entrar allí, por el aroma del incienso de rosas y perfumes químicos, hielo que usaban durante sus baños. Ambos insistían en tomarlos para que su cuerpo evadiera los moretones y heridas. Comprendí todas esas técnicas hacían desaparecer la enfermedad y darme miedo pensar que podría ser esto, las consecuencias que traerían a los que estaban en contacto con ellos.

Una noche Karen antes de dejar la mansión bajo a observar el bosque y vio al señor Stephen caminando solo y con un libro en su mano, finalmente al voltearse observe su espalda solo mostraba cada uno de sus órganos. Grite y desmayarme, cuando desperté era de día y el medico vino a revisarme pensando que estaba enferma o embarazada, no quería que el amo de la casa tocarme en ningún momento al verlo horrorizarme. Karen sin duda renuncio al poco tiempo debido a la fuerte emoción, pero siempre en su mente cavilo en ese lugar había un secreto extraño y oscuro. Abigail con el paso del tiempo su enfermedad disiparse, hasta el punto de pensar que había desafiado y burlado la muerte, al mismo Satanás aun si llevársela al infierno y apoderarse de su cuerpo. Ambos dejaron de comer, aunque siempre disimulaban hacerlo en el comedor, jamás ingerir alimentos pero mantenían energía vital que parecía cada vez enigmático.

Comenzó a escribir enormes documentos, guardaba con cuidado y colocaba con esmero en su bóveda donde almacenaba el dinero, si ellos morían, estos irían por correo postal a la Universidad de Finlandia. Este era dirigido al rector de la institución, pero en ellos hallarse la investigación y cura para la enfermedad con sucesos y técnicas increíbles de creer. Pero lo que hice en contexto, fue leer primero todo antes de enviarlos al lugar. Con el paso del tiempo la esposa desapareció sin dejar un rastro. El doctor Stephen volverse solitario y ya no podía hablar, era espantoso escuchar sus alaridos y su aspecto era horripilante por la palidez en su cara. Una noche de diciembre, yo después de un tiempo quedarme cerca de la mansión si por algún motivo alguna crisis sufría Stephen y así fue darle un paro cardiaco estuvo horas tirado en el suelo. A la mañana siguiente muy relajado fui a buscarlo para sacarlo a caminar pero no encontrarlo en ningún lugar de la mansión. Yo concebí algo malo haberle pasado o inclusive estaba muerto tuve un presentimiento terrorífico acerca de su suerte. Pasaron meses sin saber nada de ninguno de la familia, tapamos todos los muebles y cerramos la mansión.

Pero repentinamente un día de febrero, llego el horror de los horrores de una forma repentina. A las once de la noche, el sistema de aire frio funcionaba en la morada y olvide apagar por varios meses, este romperse de manera inesperada, así la casa tomar una temperatura caliente. El señor Stephen apareció y las luces encenderse en todo la mansión, un transeúnte pasaba por ahí corrió inmediatamente a avisarme yo hice lo imposible por llegar rápido a la residencia, el hombre solo no paraba de hablar y en su voz decía había visto una persona pálida asomarse por la ventana y saludarlo de manera amable. Fui a ver qué ocurría y halle que estaba descompuesto el sistema de frio, pero era muy tarde para reparar y retorne al día siguiente, pues necesitaba comprar una de las piezas. El señor Stephen estaba en su recamara acostado y preguntarle ¿cómo estaba? El responderme solo necesito tu ayuda y es necesario que arregles cuanto antes el sistema de frio. Cuando anhele acercarme para ver su rostro, el indicarme no aproximarme a mí. Salí de allí con mucha rapidez. Pero en su voz sentía estaba moribundo y además débil, las cobijas verse mojadas y habían pisadas de humedad hasta el baño. Al otro día ver cubierto su cara con unos anteojos y un sombrero. El frio de la casa disminuir por completo, pero Kevin traerle todos los días hielo para realizar sus baños. Durante el día yo realizaba bellas pinturas de mujeres posando con hermosos atuendos, en la noche tomaba mi carro a la mansión, hasta que finalmente repare por completo el sistema de refrigeración. La familia Myers ocupo el lugar, los antiguos empleados retornaron a la mansión. Pero, el señor Stephen crear una habitación abajo en el sótano. Los nuevos inquilinos estaban a gusto con el joven, el jamás subía arriba para molestarlos, además era como si el no existiera en sus vidas. Contrataron un servicio para cambiar las fachadas de la pared, pero la mayoría eran un par de jóvenes holgazanes, solo dos cumplían con sus tareas diarias de manera eficiente. Las labores en la casa aumentar arreglaron el techo e inclusive cambiaron los antiguos muebles y las pinturas.

Todos los días bajaba a ver como estaba el señor y llevarle su comida diaria Karen, pero nunca vérsele comer,el plato siempre estaba vacío. Para mi sorpresa a los pocos días retornaron sus hijas y su esposa. Sin embargo yo sentirme indudablemente lleno de terror por todo lo que ocurría en la mansión. La morada estaba muy ruidosa y escucharse muchas voces por los juegos de las niñas y la otra familia. Algo maléfico andaba en el ambiente, los Myers llevaban al párroco de la ciudad para que arrojara agua bendita y efectuaban numerosos rosarios porque siempre emergía un extraño olor del piso a flores y putrefacto desde el sótano. Yo había olvidado por más de cuatro días encender el sistema de frio, por estar curioseando a los nuevos inquilinos. Sus hijos vivían atemorizados por ir a la alcoba donde residieron las hijas del señor Stephen y al mismo tiempo odiaban bajar al sótano. Los empleados de remodelación comenzaron a sentir miedo debido al estar pintando cerca a los vidrios divisaban a varios fantasmas moverse en el interior y los objetos flotaban en el aire como si una fuerza impulsarlos.

La familia Myers decido botar las reliquias antiguas y otras donarlas a los museos de exhibición. Pasaron semanas y Karen junto conmigo fuimos a las recamaras de las dos hermosas niñas tuvimos que taparnos nuestras narices con pañuelos y temblando de miedo en las alcobas, la habitación de ellas y su padre tenía una alta temperatura. Un ser oscuro y horripilante moverse y dejar huellas de agua en la habitación dejando bastantes charcos. En ambas alcobas había varias notas a pluma que dejaban un mensaje a su abuela Alice estas fueron las últimas palabras de la familia de Abigail. El rastro llevarme a un sofá en donde hallarse algo extremadamente asombroso. Había en el sofá algo que no puedo atreverme a expresar en este momento. Pero esto dejarme con la boca abierta y descifrar el oscuro secreto infernal que guardaba la mansión, Karen abandono la casa como loca y llorando alucinaba con si estuviera viviendo una terrible historia de terror. Ese día había una fiesta por el cumpleaños de uno de los hijos de la nueva familia, estruendo de juegos pirotécnicos y bailes de jóvenes. Pero debo manifestar en aquel instante jamás creí lo que decía el periódico. Además de ello dude de la terrible noticia que yacía en ese papel. Hay cosas que son posibles de entender y todo el mundo no puede soportarlas en lo más minino y sentirme sin fuerza sintiendo un profundo frio y nostalgia en mi corazón. El final de este capítulo haber culminado. Los Myers rezaban para que estos olores nauseabundos marcharse del hogar. Yo decidí abandonar mi trabajo en la mansión para siempre. Ninguno de los que habitan en la casa tenerme en cuenta para nada. El calor en la mansión incremento y mi cuerpo no puedo tolerarlo. Imaginarse ustedes los eventos y ya saben lo que haber ocurrido en ese lugar. Mi cuerpo dejo de trabajar. Es algo que nunca puede entender. No sentirme podrido. Mi piel y mis órganos permanecen intactos. Lo mismo el de la antigua familia que hábito esta morada y todos los empleados del servicio. Nunca necesitamos de ingerir alimento después de unos años, amamos permanecer en lugares oscuros y sin luz. Hoy hace ya casi setenta años todos estamos muertos.

Stephen Vernon viajo por la autopista con sus

hijas, escuchan en ese instante a Bob Marley, cuando de repente adelantarse una tratomula con varios troncos de madera estaban sujetos con cintas muy resistentes, el chofer no sabía que había próximamente un retén policial iba hablando por teléfono no alcanzo a parar así que esquivar a los agentes quiso irse al lado izquierdo de la vía pero no obtuvo éxito un humo negro difícil de divisar por humanos atraparlo y las cintas comenzaron a romperse la fuerza siniestra destrozarlas y cada tronco caerse algunos coches consiguieron escapar al horror, pero a otros envolverlos la cadena de hierro matándolos en un instante, pero el Psicólogo Stephen Vernon y su dos gemelas recibieron de frente la madera volviendo su cuerpo pedazos. Sus sirvientes cuidaron la casa por varios años pero jamás aceptaron estar muertos, igual que yo.

FIN.......

AMIGO LECTOR:

Si a usted interesarle saber un poco más acerca del autor, puede dirigirse al siguiente correo:

marianxi54@hotmail.com

Mis redes sociales:

twitter: inusha54

Tumblr: marianxi54

Facebook: María Ximena
Dediego